Ali

Lotta

Weitere Bücher von Alice Pantermüller im Arena-Verlag:

Mein Lotta-Leben. Alles voller Kaninchen (1)
Mein Lotta-Leben. Wie belämmert ist das denn? (2)
Mein Lotta-Leben. Hier steckt der Wurm drin! (3)
Mein Lotta-Leben. Daher weht der Hase! (4)
Mein Lotta-Leben. Ich glaub, meine Kröte pfeift! (5)
Mein Lotta-Leben. Den Letzten knutschen die Elche! (6)
Mein Lotta-Leben. Und täglich grüßt der Camembär (7)
Mein Lotta-Leben. Kein Drama ohne Lama (8)
Mein Lotta-Leben. Das reinste Katzentheater (9)
Mein Lotta-Leben. Der Schuh des Känguru (10)
Mein Lotta-Leben. Volle Kanne Koala (11)
Mein Lotta-Leben. Eine Natter macht die Flatter (12)
Mein Lotta-Leben. Wenn die Frösche zweimal quaken (13)
Mein Lotta-Leben. Da lachen ja die Hunde (14)
Mein Lotta-Leben. Wer den aal hat (15)

Mein Lotta-Leben. Alles Bingo mit Flamingo! (Buch zum Film)

Linni von Links. Sammelband. Band 1 und 2
Linni von Links. Alle Pfaumen fliegen hoch (3)
Linni von Links. Die Heldin der Bananentorte (4)

Poldi und Partner. Immer dem Nager nach (1)
Poldi und Partner. Ein Pinguin geht baden (2)
Poldi und Partner. Alpaka ahoi! (3)

Bendix Brodersen. Angsthasen erleben keine Abenteuer
Bendix Brodersen. Echte Helden haben immer einen Plan B

www.mein-lotta-leben.de

Alice Pantermüller

LOTTA
feiert Weihnachten

Illustriert von Daniela Kohl

Arena

Für den Weihnachtsmann
und das Christkind

9. Auflage 2019
© 2013 Arena Verlag GmbH, Würzburg
Alle Rechte vorbehalten
Einband und Illustrationen: Daniela Kohl
Gesamtherstellung: Westermann Druck
Zwickau GmbH
ISBN 978-3-401-06902-9

www.arena-verlag.de
Mitreden unter forum.arena-verlag.de

SONNTAG, DER 1. DEZEMBER

Juchhu! Endlich hat die **Weihnachtszeit** angefangen! Die mag ich am liebsten vom ganzen Jahr.

Weihnachtszeit

Alles ist so gemütlich mit Kerzen und Plätzchen und so. Und außerdem gibt es Adventskalender und den **Nikolaus** und ständig darf man irgendwo was auspacken.

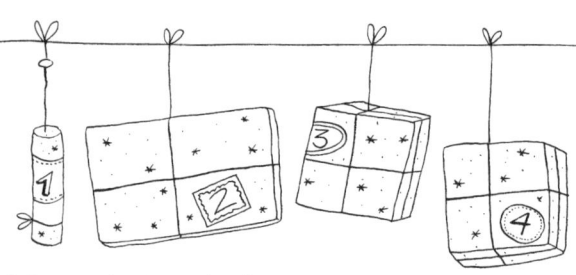

Mama hat sich dieses Jahr total viel Mühe gegeben und selbst **Adventskalender** gebastelt. Und zwar **drei Stück**, für meine beiden **Blödbrüder** und für mich.

Mir ist voll **kribbelig** geworden, als ich die Kalender gesehen hab. Sie sahen so schön aus! Mama hatte nämlich 72 kleine Päckchen gepackt! 72! Cool!

Und alle waren in so *glitzeriges* **weihnachtliches** Papier eingewickelt. *Voll schön!*

Die drei Kalender hingen nebeneinander an der Wand zwischen der Küche und dem Wohnzimmer. Da, wo sonst der Spiegel mit dem Goldrahmen und den Engeln dran hängt.

Wir durften schon vor dem Frühstück das erste Päckchen aufmachen. Jakob und Simon haben die ganze Zeit **rumgezappelt**, weil sie so aufgeregt waren.

Aber dann haben sie nicht mehr gezappelt. Und zwar, weil sie Radiergummis in ihren Päckchen hatten.

 Und bei mir war ein Blockflötenreiniger drin. So eine Metallstange mit einem **PUSCHEL** dran.

Ich wusste zuerst gar nicht, was das ist, aber Mama hat es mir erklärt.
Danach war ich auch nicht mehr kribbelig.

Dann haben wir gefrühstückt.
Es gab Stollen.

 Auf dem Tisch stand ein Adventskranz mit **einer** Kerze an,

weil ja heute der erste Advent ist.
Alles war so richtig
schön **weihnachtlich**.

mecker

Bloß Papa, der musste
die Stimmung ab und
zu ein bisschen
vermiesen.

Erst hat er **rumgemost**, weil ich die
Rosinen aus dem Stollen raus-
gepult hab. Aber ich mag keine

bäh!

Rosinen im Stollen. Überhaupt mag ich
Rosinen nicht so gerne. Und wenn es
weihnachtlich sein soll, dann
müssen die einfach raus!

Danach hat Papa noch
mehr gemeckert, weil
Jakob und Simon mit der
Kerze rumgekokelt haben.

Dabei haben sie doch bloß ein paar Tannennadeln und Rosinen verbrannt. Weihnachtsduft

Typisch Papa! Der hat ja echt keine Ahnung von **Weihnachtsduft!**

Später haben wir noch mehr Weihnachtsduft gemacht: Wir haben nämlich **Plätzchen** gebacken!

Bloß, so ganz nach Weihnachten haben die dann doch nicht geduftet. Und zwar, weil Mama solche komischen indischen Gewürze in den Teig gemacht hat. Curry oder so, glaub ich. Oder vielleicht auch Chili.

Aber das war egal, weil beim Plätzchenbacken ja sowieso

das Ausstechen das Wichtigste ist. Wir haben nämlich total schöne Ausstechformen, nicht nur Herzen und Sterne und so normale Sachen. Die hat Mama im Internet bestellt. Bei *backglueck.de*.

Jakob hat sich gleich auf den Dinosaurier gestürzt und Simon auf das Motorrad.

Das hat mir aber nichts ausgemacht. Ich mag sowieso den Elch am liebsten. Deshalb hab ich ganz viele Elche ausgestochen.

Und dann noch Pinguine und Freiheitsstatuen und ein paar Kaktusse.

Den Rest vom Teig wollten wir eigentlich naschen, aber dann haben die Jungs doch lieber ein großes Raumschiff daraus geformt. Weil der Teig nämlich auch ein bisschen **KOMISCH** geschmeckt hat.

 So nach Curry. Oder vielleicht auch nach Chili.

Als die Plätzchen fertig waren und wir es uns gemütlich machen wollten, da haben sie immer noch so **komisch** geschmeckt. So ein bisschen **indisch** und gar nicht nach Weihnachten.

Und Papa hat sich sein Plätzchen angeguckt und **grimmelig** die Stirn in Falten gezogen.

> Was hat denn das mit Weihnachten zu tun?

Das wusste ich auch nicht. Weil er sich nämlich ein Gespenst genommen hat mit so bunten Streuseln am Kopf. Und auf dem Bauch stand **Jakob ist cool!** Mit grüner Lebensmittelfarbe.

Aber die Kekse waren dann doch noch zu was nütze. Und zwar haben wir sie zum Abendbrot gegessen. Mit Käse und Fleischsalat drauf.

Das hat voll gut geschmeckt, echt!

MONTAG, DER 2. DEZEMBER

Heute haben wir uns in der Schule über unsere **Adventskalender** unterhalten.

„Ich hab drei Adventskalender!", hat meine allerbeste Freundin Cheyenne gerufen. „Und meine Schwester Chanell auch!"

Und dann hat sie erzählt, dass sie beide von ihrer Mami, ihrer Oma und ihrer Tante Manuela einen Schokokalender geschenkt gekriegt haben.

Den ersten hab ich gleich gestern aufgegessen, hmmm!

Sie hat sich den Bauch gerieben und da war ich fast ein bisschen **neidisch**.

Und zwar, weil ich heute Räucherstäbchen in meinem Päckchen hatte. Die kann man anzünden und dann riechen sie nach Patschilu.

Dabei weiß ich gar nicht, was das sein soll, Patschilu. Ich weiß nur, dass es riecht, wie wenn man bei dem alten, **MUFFELIGEN** Schrank im Keller die Tür aufmacht.

Deshalb hab ich auch lieber nichts gesagt und nur zugehört.

Berenike hat natürlich voll eingebildet geguckt mit ihrer hochnäsigen Nase und ihren langen blonden Haaren und ihren reichen Eltern.

Und dann sind wir weggehumpelt, und zwar so buckelig wie der Glöckner.

Und dabei mussten wir voll lachen.

Dann hat es geklingelt und wir hatten Deutsch bei Frau Kackert.

Ich dachte schon, jetzt wird's total langweilig, aber Frau Kackert hatte **voll die gute Idee!**

Sie wollte nämlich mit uns ein Krippenspiel einüben, damit wir das bei der Weihnachtsfeier vorführen können! **Cool!**

Erst mal hat sie die ganzen Leute an die Tafel geschrieben, die mitspielen, nämlich Maria und Josef, die Heiligen Drei Könige, den Verkündigungsengel und die Hirten. Und so ein paar Herbergsleute. Dann hat sie, ganz unten, auch noch Ochse und Esel aufgeschrieben. **Esel, so 'n Quatsch!**

Cheyenne hat sofort gerufen, dass sie Maria sein will.

Aber ich wollte auch Maria sein, **unbedingt!** 🔊 Schließlich waren ja sonst keine Mädchen dabei, als Jesus geboren wurde.

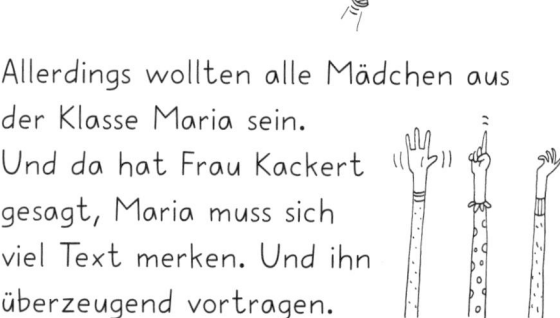

Allerdings wollten alle Mädchen aus der Klasse Maria sein. Und da hat Frau Kackert gesagt, Maria muss sich viel Text merken. Und ihn überzeugend vortragen.

Dann hat sie so über ihre schmale Brille geguckt und gesagt:

Berenike, ich kann mir vorstellen, dass du eine gute Maria sein wirst.

Boah! Das war ja wohl klar, oder? Immer und immer nur Berenike!

Und ich muss dann wahrscheinlich so einen Hirtenjungen spielen, der nur dumm rumsteht und das Jesuskind anbetet mit seinem Schaffell um die Schultern.

raunz

ECHT UNFAIR!

Auch Cheyenne war total **stinkig** und hat ein paar Sachen gemurmelt, die sich kein bisschen nach Maria angehört haben. Auf jeden Fall hätte Maria bestimmt niemals „Dämliche Arschkuh" gesagt, weil sie ja ganz schön heilig war.

Dann wurden auch die anderen Rollen verteilt. Liv-Grete durfte den Verkündigungsengel spielen und Emma hat gesagt, ihre kleine Schwester Luna könnte ja Jesus sein. Weil die noch ein Baby ist.

Aber da hat Frau Kackert Jesus aus ihrer Tasche geholt.

Jesus war nämlich eine
Puppe. Die hatte nur
auf einer Seite Haare
und ein Auge war auf
und das andere zu.
Der sah voll **GRUSELIG**
aus, unser Jesus.

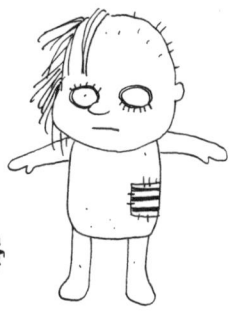

Mumie?

Frau Kackert meinte
aber, das sieht man
nicht, wenn die Puppe
in der Krippe liegt, in
Windeln gewickelt.

Und dann hat sie weiter
Rollen verteilt. Erst
haben Cheyenne und
ich uns nicht gemeldet,
weil wir ja nicht Josef
oder die Heiligen Drei
Könige sein wollten.

haha!

Dann haben wir uns aber doch gemeldet, weil die Rollen immer **doofer** wurden. Zum Schluss war nur noch der Ochse übrig.

grimmiges Lächeln

Lotta spielt das Vorderteil und Cheyenne das Hinterteil. Ich hab zu Hause ein wunderbares Kostüm für euch.

Da haben alle losgebrüllt vor Lachen und Berenike hat sich zu uns umgedreht und so **blöd** gegrinst.

blödes Grinsen

Cheyenne und ich haben nichts gesagt. Wir haben nur **böse** geguckt. Und zwar **so böse, wie wir konnten**. Weil das ja wohl echt **total gemein war!**

In der Pause auf dem Schulhof haben wir immer noch nichts gesagt.
Wir haben nur ein paar Steinchen weggetreten, die da rumlagen.

Aber dann hat Cheyenne
ihre Fäuste geballt.

Ich bin voll der **beste** Po von einer Kuh, der jemals in einem Krippenspiel mitgemacht hat! **Das schwör ich dir!**

Ja, genau! Unser Ochse ist **viel besser** als Maria. Viel **heiliger** nämlich! Die werden schon sehen, die alle!

Und da sind wir losgelaufen, über den Schulhof, und haben gemuht und gemäht und mit einem Mal hab ich mich total gefreut auf das Krippenspiel!

MUUUUH!!

FREITAG, DER 6. DEZEMBER

Als Mama mich heute Morgen geweckt hat, da hat sie gesungen. Und zwar **Lasst uns froh und munter sein.**

Ich hab sofort mitgesungen, auch wenn ich das nicht so gut kann. Schließlich ist ja heute

Nikolaustag! Yippie!

Gestern Abend haben die Jungs und ich jeder einen Stiefel unten an der Treppe in die Fensterbank gestellt. Den haben wir vorher ordentlich geputzt, weil der Nikolaus ja sonst nichts reintut.

Obwohl das nachher bestimmt **lustig** aussieht, wenn wir zur Schule gehen. Mit einem sauberen und einem dreckigen Stiefel, mein ich.

Jakob und Simon waren auch schon wach, deshalb durften wir gucken, was in unseren Stiefeln lag. Mir war ganz **kribbelig**, weil ich gleich gesehen hab, dass es was **Großes** ist. Und auf dem Geschenkpapier waren Elche, voll **weihnachtlich**.

Ich hab ganz (l a n g s a m) ausgepackt, damit es länger spannend bleibt.

Es war ein Schneemann aus so einem pickeligen Plastik.

Mit Wecker und Lichtfunktion! Er blinkt in verschiedenen Farben und weckt dich morgens mit einem Lied!

Das fand ich ja mal super!

Wir haben gleich den Stecker reingesteckt und ihn ausprobiert. Er hat wirklich in verschiedenen Farben geblinkt und **Frosty the Snowman** gesungen.

Und dabei hat er sich genau so **schlimm** angehört wie ich, wenn ich singe! So **blechig** irgendwie. Als ob er aus einem Backofen raussingt, während er gerade gebacken wird.

"Oooh danke, Mama!" hab ich gerufen, weil ich mich **total gefreut** hab. Und weil ich ja auch weiß, dass es den Nikolaus in echt überhaupt nicht gibt. Ich bin ja schließlich kein Baby mehr.

Jakob und Simon hatten auch was Tolles in ihrem Stiefel. Und zwar einen Weihnachtsmann mit einer Leiter, die im Dunkeln leuchtet. Den kann man außen am Haus festmachen und dann sieht es so aus, als würde er zum Fenster hochklettern. **Cool!**

Das waren ja wirklich *schöne* Sachen! Und das, wo Mama doch sonst meistens so *komische* Ideen für Geschenke hat. Vor allem *Indische* und so.

Bloß Papa, der hat irgendwie einen Schreck gekriegt, als er reingekommen ist. Er hat sich mit der Hand ans Hemd gefasst, so als ob er gerade einen **Herzinfarkt** hätte. Und er hat gar nichts gesagt, sondern nur **gejapst** und **gekeucht**. Vielleicht war er ein bisschen krank. Grippe oder so.

Als wir mittags aus
der Schule gekom-
men sind, hing der
Weihnachtsmann
unter dem Fenster
der Jungs und sah
total echt aus.
So als würde er
gerade hochklettern
und ihnen Geschenke
bringen.

Und als es dann dunkel geworden ist,
hat die Leiter geleuchtet. Und die
Lämpchen am roten Anzug und der
Mütze haben geblinkt. Echt klasse!

Aber dann wollte
Mama, dass ich mal
wieder Flöte übe.

Und zwar **Weihnachtslieder.**
Dabei eignet sich meine **indische**
Blockflöte doch bloß
für **Schlangenbeschwörung**.
Das sollte Mama aber so
langsam mal wissen, echt!

Aber sie hat nur gesagt:

> Das wünsche ich mir von dir zum Nikolaustag.

Und da musste ich ja.

Schließlich hab ich von ihr auch was
Tolles gekriegt.

Also hab ich mich
in mein Zimmer
gesetzt und in
die Flöte gepustet.

quietsch

Obwohl ich schon ein bisschen **Angst** hatte, dass gleich wieder was **Komisches** passiert. Ich hab versucht, **Oh Tannenbaum** zu spielen. Aber vorne rausgekommen aus der Flöte sind bloß so Quietschetöne. ♪ ♪ ♪ ♪
Und ein bisschen Spucke.

Und dann ... dann hab ich voll den **SCHRECK** gekriegt.

MAMA!

Weil die Jungs plötzlich losgebrüllt haben wie verrückt. Und nach Mama geschrien haben.

Ich hab die Flöte fallen lassen und bin schnell in ihr Zimmer gelaufen, um zu gucken, was los ist. Und da hätte ich auch fast losgebrüllt. **In echt!**

Weil nämlich der Weihnachtsmann mit
einem Mal direkt vorm Fenster stand.

Er hat mit seiner Rute
von außen gegen die
Scheibe geklopft und
ganz **böse** geguckt.
Am Fensterrahmen
hat er auch gerüttelt.

Aber zum Glück
war das Fenster zu.
Deshalb ist er wieder
runtergeklettert.

Und dann stand er
wieder ganz still
auf seiner Leiter,
so wie vorher. ⟶

Trotzdem wollten Jakob und Simon abends nicht ins Bett gehen. Sie haben so lange **rumgeheult**, bis Papa den Weihnachtsmann wieder abgenommen hat von der Hauswand.

Und Mama musste ihn dann in den Keller bringen und die Tür abschließen.

Das fand ich ja echt schade.

Aber wenigstens **Frosty der Schneemann** stand neben meinem Bett und hat immer so nett die Farben gewechselt.

Ich hab sogar den Wecker gestellt, obwohl morgen ja Samstag ist. Auf halb sieben.

MONTAG, DER 9. DEZEMBER

Heute Morgen bin ich schon wieder von **Frosty dem Schneemann WACH GEGRÖLT** worden. **Oh mann**, wieso kann man den bloß nicht leiser stellen? Und dann immer dieses Lichtgeblinke ... also, ein bisschen **nervt** das schon!

In unseren **Adventskalendern** hatten wir heute alle Duftkerzen.

Wir haben eine ganze Weile daran rumgeschnuppert, um rauszufinden, wonach sie duften.

Duft?

Deine riecht nach Pfeffer.

Quatsch, Pfeffer! Die stinkt nach Kacke! Und außerdem ist sie genauso braun!

KACKEKERZE!

Da ist Mama ein bisschen **giftig** geworden und hat gesagt, meine Kerze duftet nach Zimt, und das sei ein sehr schöner **Weihnachtsduft.**

Zimt

In der Schule wollte Frau Kackert mit uns das Krippenspiel üben. Erst mal hat sie uns vom **Geist der Weihnacht** erzählt und von der Geburt von Jesus. Und zwar, damit wir besser verstehen, wovon unser Stück handelt.

Aber ich kannte die Geschichte schon und deshalb hab ich mit Cheyenne lieber **Wunschzettel** geschrieben. Weil uns eingefallen ist, dass wir das ja auch noch machen müssen. Das ist ja schließlich wichtig, wenn bald **Weihnachten** ist!

Mir sind auch ganz **viele gute Sachen** eingefallen:

- 🎁 Ein **Fotohandy**
- 🎁 Ein **Hund** oder ein ganz kleines **Schaf**
- 🎁 Ein **Tischfußballtisch**
- 🎁 Eine **Brille**, mit der man im Dunklen sehen kann und auch um Ecken
- 🎁 Ein **Hunderoboter** (falls ich keinen echten Hund kriege)
- 🎁 Eine **Armbanduhr**, die ganz viel kann (z. B. geheime Fotos machen und mit Wasser spritzen und Englischvokabeln speichern)
- 🎁 **Schuhe** mit so Rollen an den Hacken
- 🎁 **Keinen Flötenunterricht** (nie wieder, mein ich)

Cheyenne hat auch ganz viel aufgeschrieben, aber hauptsächlich so Computerspiele, die ich gar nicht kannte.

Dann haben wir das Krippenspiel geübt. Frau Kackert hatte unser Kuh-Kostüm mit und wir haben es gleich angezogen.

Alle haben gelacht, als wir damit durch die Klasse gelaufen sind und ich immer MUUUH! gemuht hab.
Aber es war auch echt **lustig!**

Vor allem konnte man so gute Sachen damit machen. Zum Beispiel, als Berenike so was gesagt hat wie:

> Freude wurde uns beschieden durch dieses Kind.

Und dabei auch noch Frau Kackerts grässliche Puppe voll heilig angeguckt hat.

Da hab ich ihr meinen Kuhkopf auf die Schulter gelegt und ganz mitleidig MUH! gemacht.

Sofort haben wieder alle gelacht. Ha! Ha! Ha! Ha! HA! Ha! Ha! HA!

Bloß Frau Kackert ist immer **stinkiger** geworden. Sie hat rumgemeckert, dass wir doch bitte etwas ernsthafter sein sollen.

Schließlich sei das die Weihnachtsgeschichte. Die Geburt von Jesus Christus. Und ein Beispiel an Berenike sollten wir uns auch nehmen. Die hatte nämlich schon ihren ganzen Text gelernt.

MUH! hab ich da gesagt und ganz ernsthaft genickt. Das heißt „Ja" auf Kuhisch.

Ich hatte nämlich auch schon
meinen ganzen Text gelernt.

Also, ich bin echt froh, dass ich den
Ochsen spiel und nicht die Maria.
Bloß Cheyenne, die stöhnt ganz
schön viel rum, weil sie immer so
krumm gehen muss
als Ochsenpo.

MUH!

stöhn

Aber immer noch besser als Maria mit
ihrer beschiedenen Freude und der
gruseligen Jesuspuppe. Finde ich.

Das mit dem wahren **Geist der Weihnacht**, das hab ich dann nachmittags noch mal versucht.

Wir haben nämlich auch einen Stall mit einer Krippe. Der steht auf der Truhe im Wohnzimmer und hat sogar Licht drinnen.

Die Figuren sind aus Holz und wir dürfen damit spielen, weil die extra für Kinder sind und nicht kaputtgehen können.

Ich wollte spielen, dass die Heiligen Drei Könige Jesus Geschenke bringen. Natürlich nur so was Normales wie eine Nuckelflasche und Windeln. Tolle Spielsachen wie Schaukelpferde und Hunderoboter gab es ja noch gar nicht, als Jesus geboren wurde.

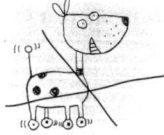

Aber dann sind meine beiden Brüder reingekommen und haben mal wieder alles **kaputt** gemacht.
Typisch Blödbrüder eben!

Simon hatte ein Laserschwert von **Lego Star Wars** dabei.

Und er hat so getan, als würde Josef mit dem Laserschwert die Heiligen Drei Könige verjagen.

Josef

"Weil ihr immer so blöde Geschenke bringt!"

Sssst! Sssst!

Heilige Drei Könige

Und er hat die Hirten genommen und gespielt, dass sie Josef dabei helfen, die Könige wegzujagen.

"Genau! Eure blöden Windeln könnt ihr selber anziehen, ihr Windelpuper!"

Klaus

Kevin

Luke Skywalker

Sssst! Sssst!

Windeln

Da musste ich meine Brüder natürlich erst mal verkloppen.

Weil sie nämlich voll keine Ahnung vom **Geist der Weihnacht** haben!
Erst hab ich Jakob *umgerissen* und mich dann auf ihn gesetzt, als er auf dem Teppich lag.

> Ich hol den bösen Weihnachtsmann aus dem Keller! Und dann binde ich ihn wieder an eurem Fenster fest!

← Kitzelhände

Da hat Simon mich *umgeschmissen* und voll **durchgekitzelt** und Jakob auch

Killerkitzelhand

und dann ist Mama reingekommen und hat gefragt, ob wir Lust hätten, ein paar Marzipanfrüchte zu formen.

AU JA!

Wir haben sofort aufgehört mit Kloppen.

Weil es nämlich total **lustig** ist, Marzipanfrüchte zu machen! Obwohl, Früchte werden das eigentlich nie bei uns.

Ich knete ja zum Beispiel am liebsten **Tiere** aus Marzipan. Hunde und Würmer und so.

Und Jakob und Simon machen immer nur Raumschiffe und Ohren und noch ganz andere Sachen, die keiner bei uns essen mag, weil sie so **eklig** aussehen.

Trotzdem war es auf einmal total **weihnachtlich**.

Und zwar, weil Mama eine CD mit **Weihnachtsliedern** in den CD-Spieler gelegt hat.

Und **zwei** Kerzen vom Adventskranz angezündet hat, die **voll gemütlich** geleuchtet haben.

Und weil wir Marzipanfrüchte gemacht haben! Das macht man nämlich nur in der **Vorweihnachtszeit!**

DIENSTAG, DER 17. DEZEMBER

Es wird immer **weihnachtlicher!**

Mama hat nämlich wieder was gekauft, und zwar einen selbstschneienden Weihnachtsbaum.

Der Christbaum verzaubert durch die Berieselung mit (Styropor-) Schneekügelchen, passenden Weihnachtsmelodien und einem umfangreichen Baumschmuck inklusive LED-Lichterkette,

stand auf der Packung.

Mama hat ihn gleich in der Küche ausprobiert. Er hat **Jingle Bells** gespielt und dabei in so einen umgedrehten Regenschirm reingeschneit. **Toll!**

Aber dann ist Papa in die Küche gekommen. Erst mal ist er nur stehen geblieben und hat gar nichts gesagt.

Und dann hat er gesagt, zu **Weihnachten** gibt es einen **echten** Tannenbaum. Mit **echten** Nadeln und **echten** Kerzen dran. Und die Musik machen wir selbst. Wir **singen Lieder** und ich spiel was auf der Blockflöte vor.

Weil er sonst nämlich Weihnachten bei Oma und Opa feiert.

Und damit **basta!**

Also, ehrlich gesagt war
ich da ziemlich froh.

Nicht gerade über
die selbst gemachte
Musik, aber über
den echten Baum.

(Na toll!)

Das könnte natürlich passieren:

Weihnachtsduft

Weil ich nämlich auch finde, zu **Weihnachten** gehört ein **echter** Tannenbaum mit **echten** Kerzen. Der ist viel heimeliger als ein selbstschneidender aus Plastik. Und der riecht auch
viel mehr nach **Weihnachten!**

Weil mir gerade so **weihnachtlich** war, bin ich in mein Zimmer gegangen und hab die Zimtkerze aus dem Adventskalender angezündet. Sie hat total gut geduftet und so gemütlich geleuchtet!

Weihnachtsduft

Dann hab ich meine indische Blockflöte rausgeholt und **Weihnachtslieder** geübt.

fauch

Zuerst **Stille Nacht**, und zwar, weil das das **weihnachtlichste Weihnachtslied** überhaupt ist.

Leider hat es sich auf meiner Flöte 🎵 genau so quietschig 🎵 angehört wie **Oh Tannenbaum** ... sodass es ein 🎵 bisschen in den Ohren wehgetan hat.

Und dann ist schon wieder was passiert.

Meine Duftkerze hat nämlich plötzlich gar nicht mehr nach Zimt geduftet. Sondern so, als ob einer gepupst hätte. Und es wurde **immer schlimmer!**

Jetzt war sie wirklich eine **KACKEKERZE!** geworden!!!

DONNERSTAG, DER 19. DEZEMBER

Als wir heute in der Schule saßen, hat es angefangen zu schneien! **JUCHHU!**

In der zweiten großen Pause lag schon so viel Schnee, dass Benni und Timo aus meiner Klasse Paul voll eingeseift haben.

Als Frau Kackert das gesehen hat, ist sie **sehr böse** geworden.

Weil nämlich Paul und Benni und Timo unsere Heiligen Drei Könige sind. Und das gehört sich ja wohl echt nicht für heilige Könige, anderen heiligen Königen überall Schnee reinzustecken!

Nachmittags ist Cheyenne
zu mir gekommen.

Zuerst haben wir im
Schnee gespielt und
danach haben wir die Vögel gefüttert,
damit die auch merken, dass
bald Weihnachten ist.
Wir haben **Meisenknödel**
ans Vogelhäuschen gehängt.

Dann wollten wir ihnen auch noch ein
paar **Sonnenblumenkerne**
ins Haus streuseln. Aber leider
haben wir die Tüte nicht gefunden und
da haben wir stattdessen

Navratan-Mix
Würzige Knabbermischung

aus der Küche geholt.

Natürlich musste Cheyenne als Erste davon probieren, aber da ist sie ganz **rot** im Gesicht geworden und ist durch den Garten gehüpft und hat rumgequietscht wie meine Blockflöte.

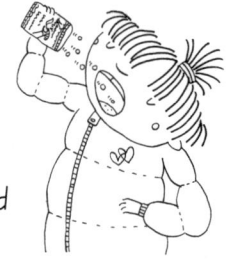

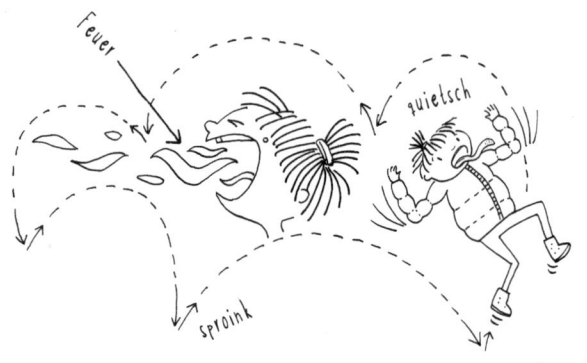

Und zwar, weil die so scharf waren.

Da haben wir den Vögeln
lieber doch nichts davon
gegeben. Stattdessen
haben wir noch ein paar
Meisenknödel dazugelegt.
So fünf oder sechs.

Abends ist mir dann eingefallen, dass
ich ja mal **Weihnachtsgeschenke**
einpacken kann. Für die Jungs hatte
ich <u>nichts</u>, aber die schenken
mir auch nie was.

Aber für Mama hatte ich was Schönes:
einen **Taschenwärmer** nämlich. Den
kann sie in die Tasche stecken
und dann ihre Hände dran
wärmen. Schade bloß, dass
da Autohaus **DÜMPEL**
draufsteht, weil das so ein
Werbegeschenk war.

Papa kriegt einen Büroklammernspender mit tausend Büroklammern.
Er hat die Form von einem Auto und sieht voll schick aus.

Nur leider steht da auch **Autohaus DÜMPEL** drauf.

Ich hab die Sachen in schönes Weihnachtspapier mit Elchen drauf gepackt und rote Schleifen darum gemacht.

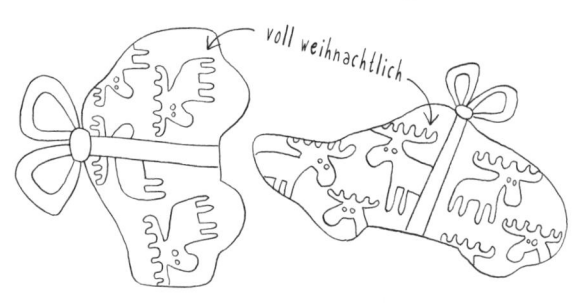

voll weihnachtlich

Und mir war so **weihnachtlich** zumute! Nur noch fünf Tage!!!

FREITAG, DER 20. DEZEMBER

Mann, war das aufregend heute!
Der letzte Schultag in diesem Jahr!
Und unsere

Weihnachtsfeier

hatten wir auch noch!

Besonders **kribbelig** war ich, weil ganz viele Eltern gekommen sind, um das Krippenspiel zu gucken. Mama auch, bloß Papa konnte nicht, der musste ja in seine eigene Schule.

Erst haben wir Plätzchen und   Lebkuchen gegessen und Lieder gesungen. Überall standen Kerzen rum und es war alles total gemütlich.  Eigentlich hätten wir danach gut nach Hause gehen können, finde ich.

Aber dann hat Frau Kackert gesagt, dass wir uns für das Krippenspiel vorbereiten sollen. Umziehen und so.

Boah, da bin ich noch viel kribbeliger geworden!

Leider ist der Verkündigungsengel beim Verkleiden auf den Schwanz von unserem Ochsenkostüm getreten, und zwar, als ich gerade mit dem Ochsenkopf in die entgegengesetzte Richtung gelaufen bin.

RATSCH!

Und da ist das Kostüm in der Mitte durchgerissen, ungefähr da, wo der Ochsenbauch ist.

Da hat Frau Kackert
so richtig **schlechte
Laune** gekriegt.

Sie hat rumgezischt,
Cheyenne und ich müssen
immer ganz dicht zusammen-
bleiben. Damit niemand sieht,
dass der Ochse aus zwei
Teilen besteht. Und wehe,
wir verpatzen den Auftritt!
Dann fängt das neue Jahr für
uns gleich mit Ärger an. Sie
warnt uns! Schließlich ist ein
Krippenspiel keine Lachnummer.

Als Frau Kackert wieder weg war, hab ich Cheyenne zugeflüstert:

> Und der Weihnachtsmann verhaut uns mit seiner Rute, weil wir nicht brav waren.

Ha! Ha! Ha!

Da musste sie so kichern, dass sie sich gar nicht mehr beruhigen konnte.

Deshalb hat beim Krippenspiel das Vorderteil vom Ochsen immer gemuht und das Hinterteil hat voll rumgekichert. Die ganze Zeit.

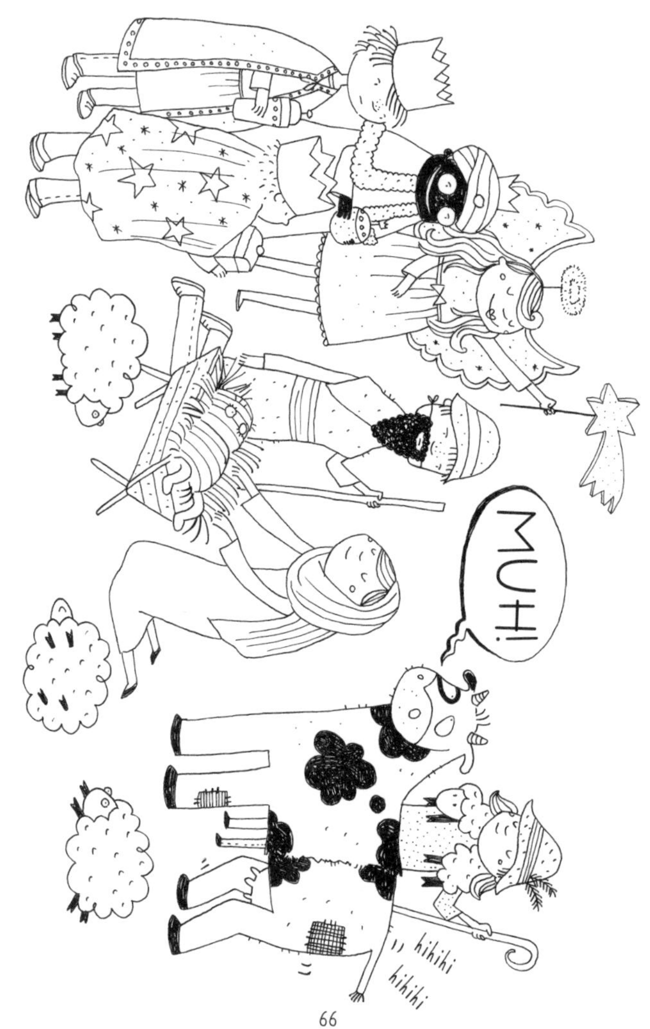
MUH!
hihihi
hihihi

Aber ich glaub, die Eltern haben das überhaupt nicht gemerkt.
Nachher haben nämlich alle nur gesagt, wie gut Berenike war und dass sie eine richtig begabte Schauspielerin ist und eine **wundervolle** Maria.

TYPISCH!

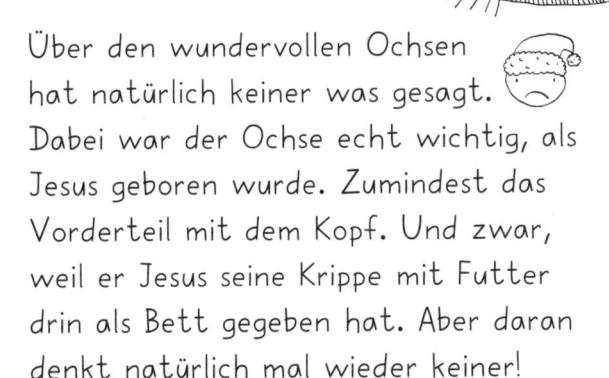

Über den wundervollen Ochsen hat natürlich keiner was gesagt. Dabei war der Ochse echt wichtig, als Jesus geboren wurde. Zumindest das Vorderteil mit dem Kopf. Und zwar, weil er Jesus seine Krippe mit Futter drin als Bett gegeben hat. Aber daran denkt natürlich mal wieder keiner!

Bloß gut, dass endlich **Weihnachtsferien** sind und man bestimmte Leute nicht mehr sehen muss!

DIENSTAG, DER 24. DEZEMBER

Weihnachten!

Endlich!

Ich finde, Heiligabend ist der **schönste** Tag im Jahr und gleichzeitig auch der **schrecklichste**, weil man so furchtbar lange warten muss, bis er endlich richtig losgeht. Und dann kann man noch nicht mal fernsehen, weil die Tür zum Wohnzimmer abgeschlossen ist.

Es ist alles so **spannend**, dass man fast verrückt wird!

Zum Glück hatte es aber in der Nacht noch mehr geschneit. Deshalb bin ich mit den Jungs rausgegangen. Papa ist auch mit rausgekommen und hat Schnee geschippt.

flatsch

Er hat den ganzen Schnee auf einen großen Haufen geschippt, so dass wir eine richtige Schneehöhle bauen konnten.

Wir haben immer abwechselnd ausgehöhlt, weil das nämlich ganz schön anstrengend ist. Während ich dran war, haben Jakob und Simon einen **Schnee-Darth-Vader** gebaut.

Zur Bewachung!

Und Simon hat ihm sein Laserschwert in den Arm gedrückt.
Das allergrößte natürlich.

Dann ist Mama auch rausgekommen und hat gesagt, wenn es nachher dunkel wird, dann zünden wir eine Kerze in der Schneehöhle an. Weil dann die ganze Höhle so heimelig leuchtet.

Oh Mann, da hab ich mir gewünscht, dass es sofort dunkel ▪ wird! Weil sich das nämlich so wahnsinnig **weihnachtlich** angehört hat.

Aber es hat noch furchtbar lange gedauert, bis es endlich so weit war. Deshalb hab ich erst mal noch **andere Sachen** gemacht. Nämlich:

Die Vögel gefüttert. Jetzt hatten die schon acht Meisenknödel im Vogelhaus.

Weihnachtslieder auf der Blockflöte geübt. Leider hat sich die Flöte heute angehört wie der Ochse aus dem Krippenspiel. Die ganze Zeit hat sie gemuht.

MUUUH!

☆ **Eine Weihnachtskarte für Oma Ingrid gebastelt.** Und eine für Oma und Opa. Mit Engeln drauf. Allerdings ist der ganze schöne Glitzerglitter an meinen Fingern kleben geblieben. Und in den Haaren. Und auf dem Teppich.
Bloß leider nicht auf den Karten.

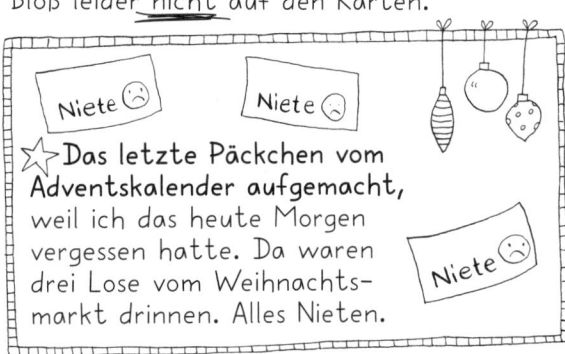

Niete ☹ Niete ☹

☆ **Das letzte Päckchen vom Adventskalender aufgemacht,** weil ich das heute Morgen vergessen hatte. Da waren drei Lose vom Weihnachtsmarkt drinnen. Alles Nieten.

Niete ☹

Und dann haben wir uns
endlich (schicke Sachen)
angezogen und sind in
die Kirche gegangen.

Simon hat rumgemeckert, dass Kirche
voll langweilig ist und er lieber gleich
Bescherung haben will. Und Jakob hat
heimlich einen Comic eingepackt.

hähähä

Aber Papa hat ihm den wieder
weggenommen. Und zwar, weil
Jakob voll gelacht hat beim Beten.

Aber ich wollte unbedingt in die Kirche.
Heiligabend ohne Kirche find ich doof,
echt!

Auch wenn ich
jedes Mal nur so
tu, als würde ich
die Lieder mitsingen.

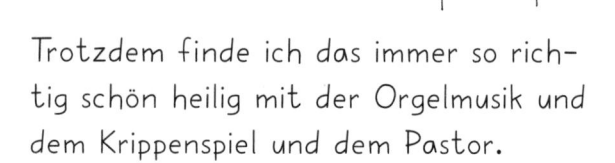

Trotzdem finde ich das immer so richtig schön heilig mit der Orgelmusik und dem Krippenspiel und dem Pastor.

Obwohl, unser Krippenspiel in der Schule war echt besser. Die hatten hier in der Kirche nämlich nicht mal einen Ochsen. Und auch sonst keine Tiere. Die Schafhirten hatten keine Schafe und bei Jesus im Stall hat es überhaupt nicht gemütlich gemuht.

MUH!

Nee, vom Krippenspiel war ich echt
enttäuscht. Aber dann hat der Pastor
uns gesegnet und wir haben noch
Stille Nacht, heilige Nacht gesungen
und da hab ich mit einem Mal
gemerkt, dass heute wirklich,
wirklich **Heiligabend** ist!

Als wir dann fertig waren, war es auch
schon ganz dunkel und die Glocken
haben geläutet und überall in den
Fenstern haben Kerzen geleuchtet.
Da hab ich richtig eine Gänsehaut
bekommen, weil mir vor lauter
Weihnachten voll *kribbelig* war.

Wir sind nach Hause
gegangen, so knirschig
durch den Schnee,
und dann hat Mama
erstmal die Kerze in
der Schneehöhle angemacht.

BOAH, die ganze Höhle hat geleuchtet!

(Cool!) (Wie der Todesstern!)

Obwohl Weihnachten ja sonst nicht
viel mit **Star Wars** zu tun hat. Aber
danach haben sie nichts mehr gerufen,
sondern nur noch geguckt.
Wir haben so lange geguckt, bis wir
alle ganz schön kalte Füße hatten.
Und Nasen. ← kalt

kalt ↗

Und dann sind wir ins Haus gegangen. Und haben uns vor der Wohnzimmertür aufgestellt. Und zwar der Größe nach. Das machen wir jedes Jahr.

Jakob und Simon haben sich beide ganz vorne an der Tür gedrängelt.

Dahinter kam ich und dann Mama.

Nur Papa, der war drinnen im Wohnzimmer und hat die Kerzen am Baum angezündet. Am **Weihnachtsbaum**, unter dem die Geschenke lagen ...

Oh mann!

Das dauert immer so (ewig), bis Papa endlich die **Weihnachts-CD** anmacht, die mit den Glocken am Anfang.

Ich hab Jakob ein bisschen mit dem Finger in den Rücken gepikst, weil ich es einfach nicht mehr aushalten konnte!

Und dann haben sie mit einem Mal losgebimmelt, die Glocken. Und wir durften reingehen. **Endlich!** **Ooh, wir hatten so einen schönen Tannenbaum!** Bis zur Decke ging der hoch! Alles voller Kerzen und Kugeln!

echter Baum

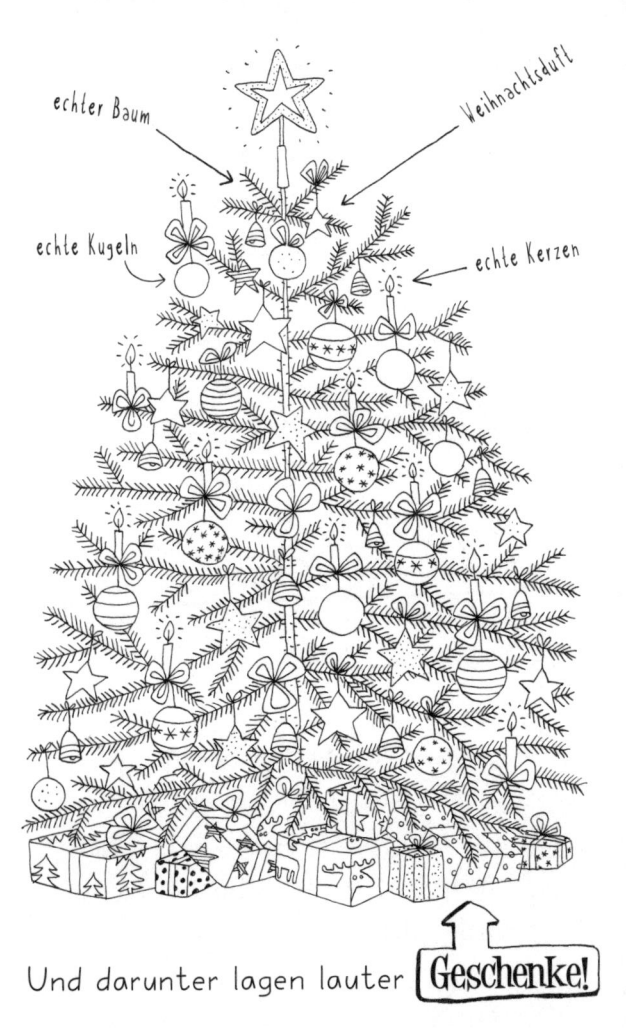

Weihnachtsduft

echte Kugeln

echte Kerzen

Und darunter lagen lauter **Geschenke!**

Aber bevor wir die auspacken durften, mussten wir erst mal **Oh Tannenbaum** singen, so wie die Leute auf der CD mit den Glocken. Und dann noch **Vom Himmel hoch**. Zum Schluss sollte ich auch noch was auf der Blockflöte vorspielen. Ich hab **Stille Nacht** gespielt, aber vielleicht war es auch **Jingle Bells**, das wusste ich nicht so genau.

Und da ist natürlich mal wieder was passiert.

In der Ecke stand nämlich Mamas selbstschneiender Weihnachtsbaum.

Und der hat plötzlich angefangen zu **schneien**.

Obwohl er doch ausgeschaltet war!
Trotzdem hat er wie verrückt
geschneit. Im ganzen Wohnzimmer sind
die Styroporkügelchen rumgeflogen.
Es wurde immer weißer!

seufz

Die Jungs haben gejubelt, aber ich hab
lieber aufgehört, in die Flöte zu pusten.
Mama und Papa wollten auch gar
nicht mehr, dass ich zu Ende spiele.

Stattdessen haben wir endlich **Bescherung** gemacht, **jaaa!**

Ich hab ganz *viele schöne Sachen* gekriegt, auch wenn die überhaupt nicht auf meinem Wunschzettel gestanden haben.

Nämlich einen Hängesessel für mein Zimmer und

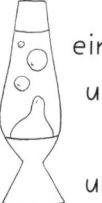

eine Lavalampe und ein Spiel

und ein Paar Stiefel

und ein Buch

und Mütze, Schal und Handschuhe.

Und einen
USB-Tischventilator,
der ausgesehen
hat wie eine Palme.
Hihi, typisch Mama!

Als ich mit dem Auspacken fertig war,
hab ich Mama und Papa ihre
Weihnachtsgeschenke gegeben.
Ich glaub, sie haben sich gefreut.

Dann hab ich mir die neue Mütze und
den Schal angezogen und mich mit dem
neuen Buch aufs Sofa gelegt.

Das Buch handelte von
Orang-Utans und
war total schön.
Vor allem waren da
so süße Bilder von
Orang-Utan-Babys drin.

Währenddessen haben
die Jungs ihren neuen
ferngesteuerten
Hubschrauber durchs
Zimmer fliegen lassen.

flapflap

Und Papa ist immer hin und her gesprungen. Er hat nämlich aufgepasst, dass der Hubschrauber nicht ständig gegen die Wände kracht.

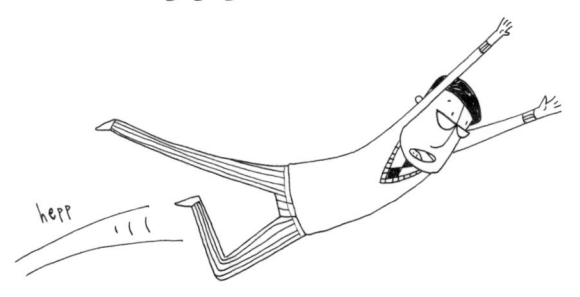

flapflap

hepp

Mama hat in der Zeit staubgesaugt.

Weil doch der ganze Boden immer noch voll war mit den Styroporkügelchen.

schlurch

Aber dann war sie fertig mit Saugen
und hat Kakao heiß gemacht.
Und Glühwein. Und sie hat
Spekulatius und Lebkuchen auf den
kleinen Couchtisch gestellt.

Die **Weihnachtsmusik** konnte
man jetzt auch wieder hören.

Papa und die Jungs haben inzwischen
auf dem Teppich gehockt und ein
Lego-Star-Wars-Raumschiff
zusammengebaut.

Dabei haben sie alle drei solche **BRMMM**-Geräusche gemacht. Solche, die nur Jungs machen.

Alles hat geduftet, nach Tannennadeln und Kerzen und Kakao und Glühwein.

Da hab ich aufgehört zu lesen.
Und zwar, weil mein Buch so spannend war, dass ich beim Lesen fast vergessen hätte, dass **Weihnachten** ist. Und das wär doch echt schade gewesen!
Weil so gemütlich wird es bestimmt so schnell nicht wieder mit meiner Familie!

Alice Pantermüller / Daniela Kohl
Mein Lotta-Leben

Alles voller Kaninchen
978-3-401-06739-1

Hier steckt der Wurm drin
978-3-401-06814-5

Daher weht der Hase!
978-3-401-06833-6

Ich glaub, meine Kröte pfeift!
978-3-401-06961-6

Arena

Jeder Band:
Gebunden
Mit Illustrationen von
Daniela Kohl
www.arena-verlag.de

www.mein-lotta-leben.de
Als Hörbücher bei JUMBO